Philipp Winterberg   Lena Hesse

ဒီဘက်နားကဝင်၊ ဟိုဘက်နားကထွက်!

English (English)
Burmese/Myanmar (မြန်မာဘာသာ)

Translation (English): Sandra Hamer
Translation (Burmese/Myanmar): Myat Pyi Phyo

Text/Publisher: Philipp Winterberg, Münster · Info: www.philippwinterberg.com · Illustrations: Lena Hesse
Fonts: Lena Hesse, Patua One, Noto Sans etc. · Copyright © 2016 Philipp Winterberg · All rights reserved. No part of this book may

THiS iS JOSEPH.....

သူကတော့ ဂျိုးဇက်ပါ။

မဟုတ်ဘူး! ငါမဟုတ်ဘူး။ ဒီနေ့တော့ မဟုတ်ဘူး။
ဒီနေ့အတွက် ငါမဟုတ်ဘူး!

THiS iS NOSEPH.

သူက နိုးဇက်ပါ။

ပေါက်ကရတွေ!

HOGWASH!

IN HERE

OUT THERE

ဒီဘက်နားကဝင်

ဟိုဘက်နားကထွက်

THiS iS...

-OBVIOUSLY-

AN 'IN-HERE OUT-THERE-BOY'!

ဒီဟာက သိသိသာသာကြီးကို ဒီဘက်နားကဝင်၊
ဟိုဘက်နားကထွက် ကောင်လေး တစ်ယောက်ပဲ

THE KIDS THESE DAYS!
NO MANNERS!

ဒီခေတ်ကလေးတွေ!
ယဉ်ကျေးမှုကိုမရှိဘူး!

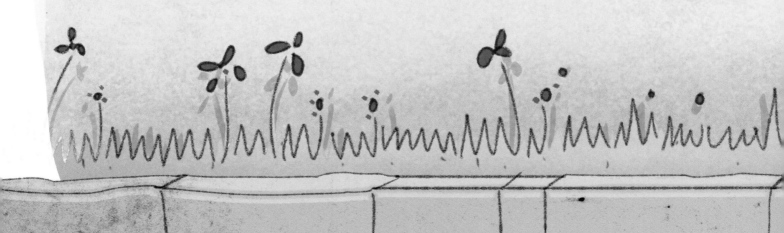

ဒီဘက်နားကဝင် ဟိုဘက်နားကထွက်

IN HERE

OUT THERE

နင် ပုံဆွဲထားတာ ရီစရာကြီး!

YOUR DRAWING IS SILLY !

ဒီဘက်နားကဝင် ဟိုဘက်နားကထွက်

IN HERE OUT THERE

WHAT YOU'RE BUILDING IS A PILE OF RUBBISH!

မင်း ဆောက်နေတာက အမှိုက်ပုံ တစ်ပုံပဲ!

IN HERE

ဒီဘက်နားကဝင်

OUT THERE

ဟိုဘက်နားကထွက်

ဒီဘက်နားကဝင်

ဟိုဘက်နားကထွက်

YOU CAN'T DO ANYTHING!
မင်း ဘာမှမလုပ်နိုင်ဘူး!
IN HERE
OUT THERE
ဒီဘက်နားကဝင်
ဟိုဘက်နားကထွက်

71a

Granny

ဘွားဘွားရေ

I AM SO PLEASED TO SEE YOU!
YOUR FAVOURITE CAKE IS WAITING!
FOR GRANNY
မင်းကို တွေ့ရတာ အဘွား အရမ်း ဝမ်းသာတယ်!
မင်းအကြိုက်ဆုံးကိတ် စောင့်နေတယ်!
OH-YEAH!
အိုး ဟုတ်ပြီ!
IN HERE
ဒီဘက်နားကဝင်

...and I am Joseph again!

.... ပြီးတော့ ကျွန်တော် ဂျိုးဇက် ပြန်ဖြစ်ပြီ!

More Books by Philipp Winterberg

Am I small?
Je suis petite, moi ?

Egbert Turns Red
Egbert rougit

Vietnam
Highlights & Impressions

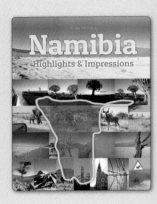

Namibia
Highlights & Impressions

MORE » www.philippwinterberg.com

CPSIA information can be obtained at www.ICGtesting.com
Printed in the USA
LVIW01n1422190117
521536LV00009B/106